감사의 마음을 전할 수 있는
오늘 하루가 참 행복합니다.

님께

한국 대표 문인의 人生情談 10편

추억의 명수필

Contents

수필

피천득

수필(隨筆)은 청자 연적(靑瓷硯滴)이다. 수필은 난(蘭)이요, 학(鶴)이요, 청초(淸楚)하고 몸맵시 날렵한 여인(女人)이다. 수필은 그 여인이 걸어가는, 숲 속으로 난 평탄(平坦)하고 고요한 길이다. 수필은 가로수 늘어진 포도(鋪道)가 될 수도 있다. 그러나 그 길은 깨끗하고 사람이 적게 다니는 주택가(住宅街)에 있다.

수필은 청춘(靑春)의 글은 아니요, 서른여섯 살 중년(中年) 고개를 넘어선 사람의 글이며, 정열(情熱)이나 심오한 지성(知性)을 내포한 문학이 아니요, 그저 수필가(隨筆家)가 쓴 단순한 글이다. 수필은 흥미는 주지마는, 읽는 사람을 흥분시키지 아니한다. 수필은 마음의 산책(散策)이다. 그 속에는 인생의 향기와 여운(餘韻)이 숨어 있다.

수필의 빛깔은 황홀 찬란(恍惚燦爛)하거나 진하지 아니하며, 검거나 희지 않고, 퇴락(頹落)하여 추(醜)하지 않고, 언제나 온아 우미(溫雅優美)하다. 수필의 빛은 비둘기빛이거나 진주빛이다. 수필이 비단이라면, 번쩍거리지 않는 바탕에 약간의 무늬가 있는 것이다. 무늬는 사람 얼굴에 미소(微笑)를 띠게 한다.

수필은 한가하면서도 나태(懶怠)하지 아니하고, 속박(束縛)을 벗어나고서도 산만(散漫)하지 않으며, 찬란하지 않고 우아하며 날카롭지 않으나 산뜻한 문학이다. 수필의 재료는 생활 경험, 자연 관찰, 인간성이나 사회 현상에 대한 새로운 발견 등 무엇이나 좋을 것이다. 그 제재(題材)가 무엇이든지 간에 쓰는 이의 독특한 개성(個性)과 그 때의 심정(心情)에 따라, '누에의 입에서 나오는 액(液)이 고치를 만들 듯이' 수필은 써지는 것이다. 또 수필은 플롯이나 클라이맥스를 필요로 하지는 않는다. 필자(筆者)가 가고 싶은 대로 가는 것이 수필의 행로(行路)이다. 그러나 차(茶)를 마시는 것과 같은 이 문학은, 그 차가 방향(芳香)을 가지지 아니할 때에는 수돗물같이 무미(無味)한 것이 되어 버리는 것이다.

수필은 독백(獨白)이다. 소설가나 극작가(劇作家)는 때로 여러 가지

성격(性格)을 가져 보아야 된다. 셰익스피어는 햄릿도 되고 오필리아 노릇도 한다. 그러나 수필가 찰스 램은 언제나 램이면 되는 것이다. 수필은 그 쓰는 사람을 가장 솔직(率直)히 나타내는 문학 형식이다. 그러므로 수필은 독자(讀者)에게 친밀감을 주며, 친구에게 받은 편지와도 같은 것이다.

덕수궁(德壽宮) 박물관에 청자 연적이 하나 있었다. 내가 본 그 연적은 연꽃 모양으로 된 것으로, 똑같이 생긴 꽃잎들이 정연(整然)히 달려 있었는데, 다만 그 중에 꽃잎 하나만이 약간 옆으로 꼬부라졌었다. 이 균형(均衡) 속에 있는, 눈에 거슬리지 않는 파격(破格)이 수필인가 한다. 한 조각 연꽃 잎을 옆으로 꼬부라지게 하기에는 마음의 여유(餘裕)를 필요로 한다. 이 마음의 여유가 없어 수필을 못 쓰는 것은 슬픈 일이다. 때로는 억지로 마음의 여유를 가지려다가, 그런 여유를 가지는 것이 죄스러운 것 같기도 하여, 나의 마지막 10분의 1까지도 숫제 초조(焦燥)와 번잡(煩雜)에다 주어 버리는 것이다.

피천득(1910~2007) 영문학자, 시인, 수필가
수필집 : 〈수필〉 〈삶의 노래〉 〈인연〉 등
시집 : 〈서정시집〉 〈금아시문선〉 〈산호와 진주〉 등

가난한 날의 행복

김소운

먹을 만큼 살게 되면 지난날의 가난을 잊어버리는 것이 인지상정(人之常情)인가 보다. 가난은 결코 환영(歡迎)할 것이 못 되니, 빨리 잊을수록 좋은 것일지도 모른다. 그러나 가난하고 어려웠던 생활에도 아침 이슬같이 반짝이는 아름다운 회상(回想)이 있다. 여기에 적는 세 쌍의 가난한 부부(夫婦) 이야기는 이미 지나간 옛날이야기지만, 내게 언제나 새로운 감동(感動)을 안겨다 주는 실화(實話)들이다.

그들은 가난한 신혼 부부(新婚夫婦)였다. 보통(普通)의 경우(境遇)라면, 남편이 직장(職場)으로 나가고 아내는 집에서 살림을 하겠지만, 그들은 반대(反對)였다. 남편은 실직(失職)으로 집 안에 있고, 아내는 집에서 가까운 어느 회사(會社)에 다니고 있었다.

어느 날 아침, 쌀이 떨어져서 아내는 아침을 굶고 출근(出勤)했다.

"어떻게든지 변통을 해서 점심을 지어 놓을 테니, 그때까지만 참으오."

출근하는 아내에게 남편은 이렇게 말했다. 마침내 점심 시간이 되어서 아내가 집에 돌아와 보니, 남편은 보이지 않고 방안에는 신문지로 덮인 밥상이 놓여 있었다. 아내는 조용히 신문지를 걷었다. 따뜻한 밥 한 그릇과 간장 한 종지……. 쌀은 어떻게 구했지만, 찬까지는 마련할 수 없었던 모양이다. 아내는 수저를 들려고 하다가 문득 상 위에 놓인 쪽지를 보았다.

"왕후(王侯)의 밥, 걸인(乞人)의 찬……. 이걸로 우선 시장기만 속여 두오."

낯익은 남편의 글씨였다. 순간(瞬間), 아내는 눈물이 핑 돌았다. 왕후가 된 것보다도 행복(幸福)했다. 만금(萬金)을 주고도 살 수 없는 행복감(幸福感)에 가슴이 부풀었다.

다음은 어느 시인(詩人) 내외의 젊은 시절(時節) 이야기다. 역시 가난한 부부였다.

어느 날 아침, 남편은 세수를 하고 들어와 아침상을 기다리고 있었다. 그 때, 시인의 아내가 쟁반에다 삶은 고구마 몇 개를 담아 들고 들어왔다.

"햇고구마가 하도 맛있다고 아랫집에서 그러기에 우리도 좀 사 왔

어요. 맛이나 보셔요."

남편은 본래 고구마를 좋아하지도 않는데다가 식전(食前)에 그런 것을 먹는 게 부담(負擔)스럽게 느껴졌지만, 아내를 대접(待接)하는 뜻에서 그 중 제일 작은 놈을 하나 골라 먹었다. 그리고, 쟁반 위에 함께 놓인 홍차(紅茶)를 들었다.

"하나면 정이 안 간대요. 한 개만 더 드셔요."

아내는 웃으면서 또 이렇게 권했다. 남편은 마지못해 또 한 개를 집었다. 어느 새 밖에 나갈 시간이 가까와졌다. 남편은

"인제 나가 봐야겠소. 밥상을 들여요."

하고 재촉했다.

"지금 잡숫고 있잖아요. 이 고구마가 오늘 우리 아침밥이어요."

"뭐요?"

남편은 비로소 집에 쌀이 떨어진 줄을 알고, 무안(無顔)하고 미안(未安)한 생각에 얼굴이 화끈했다.

"쌀이 없으면 없다고 왜 좀 미리 말을 못 하는 거요? 사내 봉변(逢變)을 시켜도 유분수(有分數)지."

뿌루퉁해서 한 마디 쏘아붙이자, 아내가 대답했다.

"저의 작은아버님이 장관(長官)이셔요. 어디를 가면 쌀 한 가마가 없겠어요? 하지만 긴긴 인생(人生)에 이런 일도 있어야 늙어서 얘깃거리가 되잖아요."

잔잔한 미소(微笑)를 지으면서 이렇게 말하는 아내 앞에, 남편은 묵연(默然)할 수밖에 없었다. 그러면서도 가슴속에는 형언(形言) 못할

행복감이 밀물처럼 밀려 왔다.

다음은 어느 중로(中老)의 여인(女人)에게서 들은 이야기다. 여인이 젊었을 때였다. 남편이 거듭 사업(事業)에 실패(失敗)하자, 이들 내외는 갑자기 가난 속에 빠지고 말았다.

남편은 다시 일어나 사과 장사를 시작했다. 서울에서 사과를 싣고 춘천(春川)에 갔다 넘기면 다소의 이윤(利潤)이 생겼다.

그런데 한 번은, 춘천으로 떠난 남편이 이틀이 되고 사흘이 되어도 돌아오지를 않았다. 제 날로 돌아오기는 어렵지만, 이틀째에는 틀림없이 돌아오는 남편이었다. 아내는 기다리다 못해 닷새째 되는 날 남편을 찾아 춘천으로 떠났다.

"춘천에만 닿으면 만나려니 했지요. 춘천을 손바닥만하게 알았나 봐요. 정말 막막하더군요. 하는 수 없이 여관(旅館)을 뒤졌지요. 여관이란 여관은 모조리 다 뒤졌지만, 그이는 없었어요. 하룻밤을 여관에서 뜬눈으로 새웠지요. 이튿날 아침, 문득 그이의 친한 친구 한 분이 도청(道廳)에 계시다는 것이 생각나서, 그분을 찾아 나섰지요. 가는 길에 혹시나 하고 정거장(停車場)에 들러 봤더니……."

매표구(賣票口) 앞에 늘어선 줄 속에 남편이 서 있었다. 아내는 너무 반갑고 원망(怨望)스러워 말이 나오지 않았다.

트럭에다 사과를 싣고 춘천으로 떠난 남편은, 가는 길에 사람을 몇 태웠다고 했다. 그들이 사과 가마니를 깔고 앉는 바람에 사과가 상해서 제 값을 받을 수 없었다. 남편은 도저히 손해(損害)를 보아서는 안 될 처지(處地)였기에 친구의 집에 기숙(寄宿)을 하면서, 시장 옆에 자리를 구해 사과 소매(小賣)를 시작했다. 그래서 어젯밤 늦게서

야 겨우 다 팔 수 있었다는 것이다. 전보(電報)도 옳게 제 구실을 하지 못하던 8.15 직후였으니…….

함께 춘천을 떠나 서울로 향하는 차 속에서 남편은 아내의 손을 꼭 쥐었다. 그 때만 해도 세 시간 남아 걸리던 경춘선(京春線), 남편은 한 번도 그 손을 놓지 않았다. 아내는 한 손을 맡긴 채 너무도 행복해서 그저 황홀에 잠길 뿐이었다.

그 남편은 그러나 6.25 때 죽었다고 한다. 여인은 어린 자녀(子女)들을 이끌고 모진 세파(世波)와 싸우지 않으면 안 되었다.

"이제 아이들도 다 커서 대학엘 다니고 있으니, 그이에게 조금은 면목(面目)이 선 것도 같아요. 제가 지금까지 살아 올 수 있었던 것은,

춘천서 서울까지 제 손을 놓지 않았던 그이의 손길, 그것 때문일지도 모르지요."

여인은 조용히 웃으면서 이렇게 말을 맺었다.

지난날의 가난은 잊지 않는 게 좋겠다. 더구나 그 속에 빛나던 사랑만은 잊지 말아야겠다. '행복은 반드시 부(富)와 일치(一致)하진 않는다.'는 말은 결코 진부(陳腐)한 일 편(一片)의 경구(警句)만은 아니다.

김소운(1907~1981) 시인, 수필가, 번역가
수필집 : 〈마이동풍첩〉〈목근통신〉〈삼호당 잡필〉 등
번역집 : 〈조선 구전 민요집〉〈조선 동요선〉〈조선 민요집〉 등

멋없는 세상, 멋있는 사람

김태길

버스 안은 붐비지 않았다. 손님들은 모두 앉을 자리를 얻었고, 안내양만이 홀로 서서 반은 졸고 있었다. 차는 빠르지도 느리지도 않은 속도로 달리고 있었는데, 갑자기 남자 어린이 하나가 그 앞으로 확 달려들었다. 버스는 급정거를 했고, 제복에 싸인 안내양의 몸뚱이가 던져진 물건처럼 앞으로 쏠렸다. 찰나에 운전기사의 굵직한 바른팔이 번개처럼 수평으로 쭉 뻗었고, 안내양의 가는 허리가 그 팔에 걸려 상체만 앞으로 크게 기울었다. 그녀의 안면이 버스 앞면 유리에 살짝 부딪치며, 입술 모양 그대로 분홍색 연지가 유리 위에 예쁜 자국을 남겼다. 마치 입술로 도장을 찍은 듯이 선명한 자국.

아무 일도 없었던 것처럼 운전기사는 묵묵히 앞만 보고 계속 차를 몰고 있었다. 그의 듬직한 뒷모습을 바라보며 나는 그가 멋있는 사람이라고 느꼈다. 예술과도 같은 그의 솜씨도 멋이 있었고, 필요없는 말을 한 마디도 하지 않는 그의 대범한 태도도 멋이 있었다.

멋있는 사람들의 멋있는 광경을 바라볼 때는 마음의 창이 환히 밝아지며 세상 살 맛이 있음을 깨닫는다. 그러나 요즈음은 멋있는 사람을 만나기가 꿈에 떡맛 보듯 어려워서, 공연히 옛날 이야기에 향수와 사모를 느끼곤 한다.

선조(宣祖) 때의 선비 조헌(趙憲)도 멋있게 생애를 보낸 옛사람의 하나이다. 그가 교서정자(校書正字)라는 정9품의 낮은 벼슬자리에 있었을 때, 하루는 궁중의 향실(香室)을 지키는 숙직을 맡게 되었다. 마침 중전이 불공을 들이는 데 사용할 것이니 향을 봉하여 올리라는 분부를 내렸다. 그러나 조헌은, "이 방의 향은 종묘와 사직 그리고 사전(祀典)에 실려 있는 제례 때만 사용하는 것입니다. 불공 드리는 데 쓰시기 위한 향으로는, 비록 만 번 죽는 한이 있더라도 신은 감히 봉해 드리지 못하겠습니다."하고 거절했다. 중간의 사람들이 몇번 오고갔으나 끝까지 굽히지 않았으며, 중전도 결국 그 향을 쓰지 않았다. 말단의 자리에 있으면서도, 나라의 법도를 지키기 위하여 목숨을 걸고 중전의 분부에 거역한 그의 용기는 말할 것도 없거니와, 그

러한 강직이 용납될 수 있었던 당시의 궁중 기풍이 멋있어 보인다.

젊은 시절을 풍류로 소일한 이지천(李志賤)은 어느 날 그가 사귀던 기생을 찾아갔으나, 여자는 없고 그의 거문고만 있었다. 쓸쓸히 앉아 기다렸으나, 사람은 오지 않았다. 마침내 절구(絕句)로 사랑의 시 한 수를 지어 벽에 써 놓고 돌아가 버렸다. 그 뒤 10년이 지났을 때, 이지천은 호남 어느 여관에서 그 기생의 옛 친구인 또 하나의 기생을 만났다. 이 여인은 10년 전 친구의 방 벽에 쓰였던 한시(漢詩)를 감명깊게 읽었다고 말했을 뿐 아니라, 그 시를 한 자도 틀리지 않고 암송하였다. 암송을 마친 노기(老妓)는 자기에게도 한 편의 시를 지어 달라고 부탁하며, 곧 적삼을 펼쳐 놓았다. 이공(李公)은 그 위에 또 한 수의 칠언 절구를 썼거니와, 조촐하게 늙어가는 한 여자의 모습을 우아하게 그렸다. 한갓 기방(妓房)을 배경으로 한 남녀의 이야기이지만 그 경지가 높고 풍류에 가득 차 있다. 우리 조상들이 즐겼던 풍류, 그것은 바로 멋중의 멋이었다.

어찌 옛날 사람들이라고 모두 멋과 풍류로만 살았으랴. 아마 그 시절에도 속되고 추악한 사람들이 있었을 것이다. 그러나 어쩐지 옛날에는 많은 사람들이 여유를 가지고 오늘의 우리보다는 훨씬 멋있는 삶을 살았을것 같은 생각이 든다.

요즈음도 보기에 따라서는 멋있는 사람들이 적지 않다. 어쩌다 일류 호텔의 로비나 번화한 거리를 지나면서 눈여겨보면, 눈이 부시도록 멋있는 여자와 주눅이 들리도록 잘 생긴 남자들을 흔히 볼 수 있다.

얼굴이나 체격이 뛰어나게 잘 생긴 것도 멋있는 일이요, 유행과 체격에 맞추어 옷을 보기 좋게 입는 것도 멋있는 일이다. 그리고 임기응변하여 재치 있는 말을 잘 하는 것도 역시 멋있는 일이다.

그러나 겉모양의 멋이나 말솜씨의 멋을 대했을 때, 우리는 가볍고 순간적인 기쁨을 맛볼 뿐 가슴 깊은 감동을 느끼지는 않는다. 세상을 사는 보람을 느낄 정도로 깊은 감동을 주는 것은 역시 마음 깊숙한 곳에서 우러나오는 무형의 멋, 인격 전체에서 풍기는 멋이 아닌가 한다. 바로 그 무형의 멋 또는 인격의 멋을 만나기가 오늘 우리 주변에서는 몹시 어려운 것이다.

멋있는 사람의 소유자를 만나 보고자 밖으로만 시선을 돌릴 것이 아니라, 내 스스로 멋있는 삶을 갖도록 노력하는 편이 더욱 긴요한 일이 아니겠느냐고 뉘우쳐 보기도 한다. 멋있는 사람과 만나는 것도

삶의 맛을 더하는 길이겠지만, 내 자신의 생활 속에 멋이 담겼음을 발견할 수 있다면, 그보다 더 큰 보람이 없을 것이다.

그러나 주위가 온통 멋없는 세상인데 내가 무슨 재주로 내 마음 속에 멋을 가꿀 수 있을까 하는 생각이 앞을 가린다. 그런 생각부터 앞서는 것 자체가 아마 내 사람됨의 멋없음을 말해 주는 증거인지도 모른다.

현실을 암흑에 비유하고 세상을 부정의 눈으로 바라보면서도 결국은, '네 운명을 사랑하라'고 가르친 니체는 멋있는 철학자였다. 어느 시대인들 세상 전체가 멋있게 돌아가기야 했으랴. 사람들이 모여 사는 곳이면 어디를 가나 으레 속물과 속기(俗氣)가 판을 치게 마련이다. 세상이 온통 속기로 가득 차 있기에 간혹 나타나는 멋있는 사람들이 더욱 돋보일 것이다.

힘도 없는 주제에 굳이 거창한 목표를 세울 필요는 없을 것이다. 주어진 현실을 주어진 그대로 조용히 바라보며 욕심 없이 살아가는 가운데 때때로 작은 웃음을 즐길 수 있다면, 그것만으로도 삶의 멋이라면 멋이요, 맛이라면 맛이 아닐까.

김태길(1920~2009) 철학자, 수필가
수필집 : 〈웃는 갈대〉〈빛이 그리운 생각들〉〈검은 마음 흰 마음〉〈흐르지 않는 세월〉 등

꼴찌에게 보내는 갈채

박완서

신나는 일 좀 있었으면

가끔 별난 충동을 느낄 때가 있다. 목청껏 소리를 지르고 손뼉을 치고 싶은 충동 같은 것 말이다. 마음속 깊이 잠재한 환호(歡呼)에의 갈망 같은 게 이런 충동을 느끼게 하는지도 모르겠다.

그러나 요샌 좀처럼 이런 갈망을 풀 기회가 없다. 환호가 아니라도 좋으니 속이 후련하게 박장 대소라도 할 기회나마 거의 없다.

의례적인 미소 아니면 조소·냉소·고소가 고작이다. 이러다가 얼굴 모양까지 얄궂게 일그러질 것 같아 겁이 난다.

환호하고픈 갈망을 가장 속 시원하게 풀 수 있는 기회는 뭐니뭐니 해도 잘 싸우는 운동 경기를 볼 때가 아닌가 싶다. 특히 국제 경기에서 우리편이 이기는 걸 텔레비전을 통해서나마 볼 때면 그렇게 신이 날 수가 없다.

그러나 곰곰이 생각해 보니 그런 일로 신이 나서 마음껏 환성을 지를 수 있었던 기억이 아득하다. 아마 박신자(朴信子) 선수가 한창 스타 플레이어였을 적, 여자 농구를 보면 그렇게 신이 났고, 그렇게 즐거웠고, 다 보고 나선 그렇게 속이 후련했던 것 같다.

요즈음은 내가 그 방면에 무관심해져서 모르고 있는지는 모르지만 그때처럼 우리를 흥분시키고 자랑스럽게 해 주는 국제 경기도 없는 것 같다.
지는 것까지는 또 좋은데 지고 나서 구정물 같은 후문(後聞)에 귀를 적셔야 하는 고역까지 겪다 보면 운동 경기에 대한 순수한 애정마저 식게 된다.

이렇게 점점 파인 플레이가 귀해지는 건 비단 운동 경기 분야뿐일까. 사람이 살면서 부딪치는 타인과의 각종 경쟁, 심지어는 의견의 차이에서 오는 사소한 언쟁에서까지 그 다툼의 당당함, 깨끗함, 아름다움이 점점 사라져 가는 느낌이다.

그래서 아무리 눈에 불을 밝히고 찾아도 내부에 가둔 환호와 갈채(喝采)에의 충동을 발산할 고장을 못 찾는지도 모르겠다.

뭐 마라톤?

요전에 시내에 나갔다가 집으로 돌아올 때의 일이다. 집을 다 와서 버스가 정류장 못미처 서서 도무지 움직이지를 않았다. 고장인가 했더니 그게 아닌 모양이었다. 앞에도 여러 대의 버스가 밀려 있었고 버스뿐 아니라 모든 차량이 땅에 붙어 버린 듯이 꼼짝을 못 하고 있었다.

나는 그날 아침부터 괜히 걷잡을 수 없이 우울해 있었다. 그래서 버스가 정거장도 아닌 데 서 있다는 사실을 참을 수가 없었다.

"언제까지 이러고 있을 거요?"

나는 부끄럽게도 안내양에게 짜증을 부렸다. 마치 이 보잘것없는 소녀의 심술에 의해서 이 거리의 온갖 차량이 땅에 붙어 버리기라도 했다는 듯이. 그러나 안내양은 탓하지 않고 시들하게 말했다.

"아마 마라톤이 끝날 때까진 못 가려나 봐요."
"뭐 마라톤?"

그러니까 저 앞 고대에서 신설동으로 나오는 삼거리쯤에서 교통이 차단된 모양이고 그 삼거리를 마라톤의 선두 주자가 달려오리라. 마라톤의 선두 주자! 생각만 해도 우울하게 죽어 있던 내 온몸의 세포가 진저리를 치면서 생생하게 살아나는 것 같았다. 나는 그 선두 주자를 꼭 보고 싶었다. 아니 꼭 봐야만 했다.

나는 차비를 내고 나서 내려 달라고 했다. 안내양이 정류장이 아니기 때문에 안 된다고 했다. 나는 마음이 급한 김에 어느 틈에 안내양에게 시비를 걸고 있었다.

"정류장이 아니기 때문에 못 내려 주겠다구? 그럼 정류장도 아닌데 왜 섰니? 응 왜 섰어?"
"이 아주머니가, 정말……."

안내양은 나를 험상궂게 째려보더니 획 돌아서서 바깥을 내다보며 상대도 안 했다.
그래도 나는 선두로 달려오는 마라토너를 보고 싶다는 갈망을 단념할 수가 없었다. 나는 짐짓 발을 동동 구르며 안내양의 어깨를 쳤다.
"아가씨, 내가 화장실이 급해서 그러니 잠깐만 문을 열어 줘요, 응."
"아주머니도 진작 그러시지, 신경질 먼저 부리면 어떡해요."

안내양은 마음씨 좋은 여자였다. 문을 빠끔히 열고 먼저 자기 고개를 내밀어 이쪽저쪽을 휘휘 살피더니 재빨리 내 등을 길바닥으로 떠다밀어 주었다.

일등 주자(走者)를 기다리는 마음

나는 치마를 펄럭이며 삼거리 쪽으로 달렸다. 삼거리엔 인파가 겹겹이 진을 치고 있으리라. 그 인파는 저만치서 그 모습을 드러낸 선두 주자를 향해 폭죽 같은 환호를 터뜨리리라.

아아, 신나라. 오늘 나는 얼마나 재수가 좋은가. 오랫동안 가두었던 환호를 터뜨릴 수 있으니. 군중의 환호, 자기 개인적인 이해 관계와 전혀 상관없는 환호, 그 자체의 파열인 군중의 환호에 귀청을 떨 수 있으니.

잘하면 나는 겹겹의 군중을 뚫고 그 맨 앞으로 나설 수도 있으리라. 그러면 제일 큰 환성을 지르고 제일 큰 박수를 쳐야지, 나는 삼거리 쪽으로 달음질치며 나의 내부에서 거대한 환호가 삼거리까지 갈 동안 미처 못 참고 웅성웅성 아우성을 치고 있는 것처럼 느꼈다.

그러나 숨을 헐떡이며 당도한 삼거리에 군중은 없었다.
할 일이 없어 여기 이렇게 빈둥거리고 있을 뿐이라는 듯 곧 하품이라도 할 것 같은 남자가 여남은 명 그리고 장난꾸러기 아녀석들이 대여섯 명 몰려 있을 뿐이었고 아무 데서고 마라토너가 나타나기 직전의 흥분은 엿뵈지 않았다.

그러나 여전히 호루라기를 입에 문 순경은 차량의 통행을 금하고 있었다. 세 갈래 길에서 밀리고 밀린 채 기다리다 지친 차량들이 짜증스러운 듯이 부릉부릉 이상한 소리를 내며 바퀴를 조금씩 들먹이는 게 곧 삼거리의 중심을 향해 맹렬히 돌진할 것처럼 보이고 그럴 때마다 순경은 날카롭게 호루라기를 불어 댔다. 그때 나는 내가 전혀 예기치 않던 방향에서 쏟아지는 환호 소리를 들었다. 그것은 내 뒤쪽 조그만 라디오방 스피커에서 나는 환호 소리였다.

선두 주자가 드디어 결승점 전방 십 미터, 오 미터, 사 미터, 삼 미터, 골인! 하는 아나운서의 숨막히는 소리가 들리고 군중의 우레와 같은 환호성이 들렸다.

비로소 일등을 한 마라토너는 이미 이 삼거리를 지난 지가 오래라는 걸 알 수 있었다. 이 삼거리에서 골인 지점까지는 몇 킬로미터나 되는지 자세히는 몰라도 상당한 거리다. 그런데도 아직까지 통행이 금지된 걸 보면 후속 주자들이 남은 모양이다. 꼴찌에 가까운 주자들이.
그러자 나는 그만 맥이 빠졌다. 나는 영광의 승리자의 얼굴을 보고 싶었던 것이지 비참한 꼴찌의 얼굴을 보고 싶었던 건 아니었다.
또 차들이 부르릉대며 들먹이기 시작했다. 차들도 기다리기가 지루해서 짜증을 내고 있었다. 다시 날카로운 호루라기 소리가 들리고 저만치서 푸른 유니폼을 입은 마라토너가 나타났다.
삼거리를 지켜 보고 있던 여남은 구경꾼조차 라디오방으로 몰려 우승자의 골인 광경, 세운 기록 등에 귀를 기울이느라 아무도 그에게 관심을 갖지 않았다. 나도 무감동하게 푸른 유니폼이 가까이 오는 것을 바라보면서 저 사람은 몇 등쯤일까, 이십등? 삼십등?……

저 사람이 세운 기록도 누가 자세히 기록이나 해 줄까? 대강 이런 생각을 했다. 그리고 그 이십등, 아니면 삼십등의 선수가 조금쯤 우습고, 조금쯤 불쌍하다고 생각했다.

푸른 마라토너는 점점 더 나와 가까워졌다. 드디어 나는 그의 표정을 볼 수 있었다.

꼴찌 주자의 위대성

나는 그런 표정을 생전 처음 보는 것처럼 느꼈다. 여태껏 그렇게 정직하게 고통스러운 얼굴을, 그렇게 정직하게 고독한 얼굴을 본 적이 없다. 가슴이 뭉클하더니 심하게 두근거렸다. 그는 이십등, 삼십등을 초월해서 위대해 보였다. 지금 모든 환호와 영광은 우승자에게 있고 그는 환호 없이 달릴 수 있기에 위대해 보였다.

나는 그를 위해 뭔가 하지 않으면 안 된다고 생각했다. 왜냐하면 내가 좀 전에 그 이십등, 삼십등을 우습고 불쌍하다고 생각했던 것처럼 그도 자기의 이십등, 삼십등을 우습고 불쌍하다고 생각하면서 엣다 모르겠다 하고 그 자리에 주저앉아 버리면 어쩌나, 그래서 내가 그걸 보게 되면 어쩌나 싶어서였다.

어떡하든 그가 그의 이십등, 삼십등을 우습고 불쌍하다고 느끼지 말아야지 느끼기만 하면 그는 당장 주저앉게 돼 있었다. 그는 지금 그

가 괴롭고 고독하지만 위대하다는 걸 알아야 했다.

나는 용감하게 인도에서 차도로 뛰어내리며 그를 향해 열렬한 박수를 보내며 환성을 질렀다. 나는 그가 주저앉는 걸 보면 안 되었다. 나는 그가 주저앉는 걸 봄으로써 내가 주저앉고 말듯한 어떤 미신적인 연대감마저 느끼며 실로 열렬하고도 우렁찬 환영을 했다.

내 고독한 환호에 딴 사람들도 합세를 해 주었다. 푸른 마라토너 뒤에도, 또 그 뒤에도 주자는 잇따랐다. 꼴찌 주자까지를 그렇게 열렬하게 성원하고 나니 손바닥이 붉게 부풀어올라 있었다.

그러나 뜻밖에 장소에서 환호하고픈 오랜 갈망을 마음껏 풀 수 있었던 내 몸은 날듯이 가벼웠다.

그 전까지만 해도 나는 마라톤이란 매력 없는 우직한 스포츠라고 밖에 생각 안 했었다. 그러나 앞으론 그것을 좀더 좋아하게 될 것 같다. 그것은 조금도 속임수가 용납 안 되는 정직한 운동이기 때문에. 또 끝까지 달려서 골인한 꼴찌 주자도 좋아하게 될 것 같다. 그 무서운 고통과 고독을 이긴 의지력 때문에.

나는 아직 그 무서운 고통과 고독의 참 맛을 알고 있지 못하다.

왜 그들이 그들의 체력으로 할 수 있는 하고많은 일들 중에서 그 일을 택했을까 의아스럽기까지 하다.

그러나 그날 내가 이십등, 삼십등에서 꼴찌 주자에게까지 보낸 열심스러운 박수 갈채는 몇 년 전 박신자 선수한테 보낸 환호만큼이나 신나는 것이었고, 더 깊이 감동스러운 것이었고, 더 육친애적인 것이었고, 전혀 새로운 희열을 동반한 것이었다.

박완서(1931~2011) 소설가, 수필가
소설집 : 〈나목〉〈휘청거리는 오후〉〈목마른 계절〉〈도시의 흉년〉 등
수필집 : 〈못 가본 길이 더 아름답다〉〈호미〉 등

길

박이문

뱃길, 철길, 고속도로, 산길, 들길, 이 모든 길들은 그냥 자연현상이 아니라, 우리에게 무엇을 뜻하는 인간의 언어다. 언어는 인간만의 속성이다. 그러기에 인간만의 세계에 길이 있고, 길이 있는 곳에서 인간이 탄생한다. 길은 부름이다. 길이란 언어는 부름을 뜻한다. 언덕 너머 마을이 산길로 나를 부른다. 가로수 그늘진 신작로가 도시로 나를 부른다. 기적 소리가 저녁 하늘을 흔드는 나루터에서, 혹은 시골 역에서 나는 이국의 부름을 듣는다. 그래서 길의 부름은 희망이기도 하며, 기다림이기도 하다. 눈앞에 곧장 뻗은 고속도로가 산을 뚫고 들을 지나 아득한 지평선으로 넘어간다. 푸른 산골짜기를 꼬불꼬불 도는 하얀 길이 내 발밑에 깔려 있다. 그것은 내 마음에 희망을 불어넣고 내 발에 활기를 주는 손짓이다. 나는 그 손짓을 따라 앞으로 가야겠다는 즐거운 유혹에 빠진다.

길은 우리의 삶을 부풀게 하는 그리움이다. 그리움의 부름을 따라가는 나의 발길이 생명력으로 가벼워진다. 황혼에 물들어 가는 한 마을의 논길, 버스가 오며가며 먼지를 피우고 지나가는 신작로, 산 언덕을 넘어 내려오는 오솔길은 때로 기다림을 이야기한다. 일터에서 돌아오는 아버지를, 친정을 찾아오는 딸을, 이웃 마을에 사는 친구를 부푼 마음으로 기다리게 하는 길들이 우리의 마음을 따뜻하게 한다. 길은 희망을 따라 떠나라 하고, 그리움을 간직한 채 돌아오라고 말한다.

희망과 그리움, 떠남과 돌아옴의 길은 어떤 관계를 전제로 한다. 길은 희망이라는 미래와 그리움이라는 과거, 미지의 사람과 정든 사람들, 사물과 인간 간의 관계를 이어준다. 이런 관계에서 미래와 과거, 나와 남, 정착과 개척, 휴식과 움직임, 인간과 자연의 만남의 열매가 영글어간다.

길은 과거에 고착함을 부정하는 동시에, 미래에만 들떠 있음을 경고한다. 길을 떠나 나는 이웃을 만나고, 길을 따라 이웃이 나를 만난다. 길 끝에 휴식할 곳이 있지만, 다시 길을 찾아 어디론가 움직여야 한다. 길은, 인간이 자연현상과 다르다는 것을 보여주고 인간과 자연의 경계선을 전달하는 크나큰 표지이지만, 그 표지는 인간과 자연의 새로운 관계, 새로운 만남을 나타낸다. 이런 만남에서 과거가 미래로 이어져 역사가 이루어지고, 내가 남들에게 연결되어, 고독한 실존적 존재로서의 나는 사회라는 광장의 인간으로서 재발견된다. 그리고 이런 만남을 통해서 인간은 자연, 더 나아가 우주로 해방된다. 이리하여 길이 만남이라면, 만남은 곧 열림이다.

인간을 자연과 우주로, 나를 남과 사회로 열어주는 길들은, 자연과 우주에 새로운 질서를 부여하여 뜻 있는 것으로 하며, 나와 남과의 사이에 사회의 질서를 세워 진정한 뜻에서의 인간적 세계를 창조한다. 이런 과정에서, 어떤 철학자가 말했듯이, 사물로서의 존재가 빛을 받아 원래의 은폐성에서 '밖으로' 뜻을 가지는 존재로 나타나게 되며, 동물로서의 인간이 자연을 초월하는 인간으로 승화하게 된다. 이와 같이 길은 벨트(Welt), 즉 물리 현상으로서의 세계가 움벨트(Umwelt), 즉 환경으로서의 세계가 레벤스벨트(Lebenswelt), 즉 생활 세계로, 무의미의 세계가 의미의 세계로 발전하는 역사의 형이상학적 기록이다. 그것은 문자 그대로 인간의 삶의 발자국이다.

구체적 삶은 하나의 관점으로 설명될 수 있는 일차원적 현상이 아니다. 우리의 삶은 꿈과 현실, 희망과 좌절, 휴식과 일, 기쁨과 슬픔, 활기와 피로, 웃음과 눈물, 명상적 순간과 광기의 순간 등으로 무한히 얽혀 얼룩져 있다. 모든 사람들이 다 똑같은 삶의 태도를 가지고 있지는 않다. 어떤 이는 보다 감성적이고, 어떤 이는 보다 이지적이다. 어떤 이가 의지적이라면, 어떤 이는 순응적이다. 남자가 억센 성격이라면, 여자는 유순한 체질이다. 한 집안, 한 마을, 한 사회, 한 시대의 다양한 길들의 구조와 내용들은 각기 다양한 인간들의 삶을 표상한다.

화초가 잘 꾸며진 정원 길에서 삶의 재미를 느끼며, 시골 샘터로 가는 들꽃 무리진 길에서 소박하나 알뜰하고 따뜻함을 감각한다. 산과 들을 일직선으로 뚫은 고속도로에서 인간의 승리감을 느낀다면, 들로, 산골짜기로 꼬부라지는 철로에서 삶의 끈기를 맛본다. 봄꽃 필 무렵. 산을 넘는 길은 마치 미소와도 같이 밝다. 이처럼 길들이 삶의 긍정적 밝은 면을 채색한 화폭일 수 도 있지만, 거기에는 또 고통과 슬픔이라는 삶의 그늘이 드리워져 있다. 한여름 뙤약볕에 소를 몰고 읍내로 가는 길은 너무나 멀고, 일손을 마치고 무거운 지게를 지고 집으로 돌아오는 농부에게는 그가 가야 하는 험한 산골짜기 저녁 길은 너무나도 고달픈 언덕길이다. 고향을 떠나 서울로 일을 찾

아가는 젊은이들에게는 그가 밟고 가야 할 신작로가 너무나도 거칠고 불안하다. 그리하여 가지가지 길들은 그것대로 삶의 희로애락, 희망과 좌절, 활기와 실의의 각양각색의 삶의 자국을 남긴다.

두꺼운 돌을 깔아 만든 넓은 로마 제국의 길은 세계 정복의 힘의 자국을 내고 있는가 하면, 설악산 암자로 올라가는 좁은 길은 세상을 떠나 명상에 잠기려는 마음씨의 자국이다. 이미 잡초에 파묻혀 버린 오솔길에서 삶의 무상함을 볼 수 있는가 하면, 험한 산의 절벽을 따라 새로 난 길은 삶의 의욕을 상징한다. 높은 돌의 층계를 한 발자국 두 발자국 디디고 올라가면서 우리는 삶의 어려움에 새삼 젖는가 하면, 눈 덮인 들길을 헤쳐 가면서 우리는 고독한 명상에 잠기기도 한다. 어떤 길은 꿈이 배어 있고, 어떤 길은 사색적이고, 어떤 길은 황량하고, 어떤 길은 쾌활하다.

길은 인간의 꿈, 생각, 의지, 느낌을 통틀어 함께 반영한다. 길은 삶이 남기는 삶에 대한 인간의 문학적 기술이다. 인간에 의해 씌어진 이 길이라는 언어에 의해서 자연은 침묵을 깨뜨리고 의미를 가지게 되며, 문화라는 꽃을 피우게 된다. 자연의, 아니 우주의 고독이 노래나 시로 바뀐다. 한 사회에 따라, 한 문화에 따라, 그리고 한 시대에 따라 길은 애절한 노래일 수도 있고, 서정시가 될 수도 있고, 서사시가 될 수도 있다. 로마로 통하는 돌을 깐 길들이나 미국 대륙을 그물처럼 누비고 있는 고속도로에서 크나큰 서사시를 읽을 수 있다면, 미루나무 그늘진 한국의 논길 혹은 산 너머 이웃 마을로 통하는 한국의 산길에서 따뜻한 서정시를 들을 수 있다.

산천을 누비어 꿈을 꾸는 듯한 한국의 시골들을 이어 놓은 한국의 옛 길들에서 우리는 극히 인간적인 것을 느낀다. 철도, 아스팔트가 깔리고 플라타너스에 그늘진 한국의 신작로도 아직 인간적인 호흡을 담고 있다. 그러나 바쁘고 부산한 고속도로, 큰 도시의 실꾸러미처럼 엉킨 길에서 우리는 인간의 자연스러운 박자로 맞출 수 없는 비인간화된 형태의 삶을 체험한다. 그렇다면 인간적 체온이 풍기는 길을 잃어갈 때, 우리는 인간을 잃게 될는지도 모른다. 그러기에 큰 도시의 네거리에서 복작거리다가도 잠시나마 버드나무 그늘진 시골 논길을, 냇물이 돌 조각 사이로 흐르는 개천 길을 걸어 보고 싶어지게 된다.

명상적이면서도 청청한 노랫가락 같은 한국의 길에서, 우리는 논과 밭, 산과 개천, 구름과 나무, 하늘과 땅, 인간과 자연과의 친근하고 조화로운 관계를 체험하고, 그리하여 진정한 의미에서 마음의 자유를 느끼게 되기 때문이다. 한 사회, 한 시대의 생활양식의 변천과 더불어 그 사회, 그 시대의 길도 달라지게 마련이다. 옛날 길들에 마음이 끌리고 유혹을 느낀다면, 그것은 잃어버린 것에 대한 낭만적 향수나 진보에 대한 거부심에 기인되는 것만은 아니다. 그것은 자연과 남들과의 조화로운 만남 속에서 살아 있는 인간으로 남아 있기를 바라는 마음 때문이다.

박이문(1931~) 철학자, 시인, 불문학자
시집 : 〈눈에 덮인 찰스강변〉〈나비의 꿈〉〈보이지 않는 것의 그림자〉 등
수필집 : 〈삶에의 태도〉〈사물의 언어〉〈철학의 여백〉 등

지란지교를 꿈꾸며

유안진

저녁을 먹고 나면 허물없이 찾아가 차 한잔을 마시고 싶다고 말할 수 있는 친구가 있었으면 좋겠다. 입은 옷을 갈아입지 않고, 김치 냄새가 좀 나더라도 흉보지 않을 친구가 우리 집 가까이에 살았으면 좋겠다.

비 오는 오후나, 눈 내리는 밤에도 고무신을 끌고 찾아가도 좋을 친구, 밤늦도록 공허한 마음도 마음 놓고 열어 보일 수 있고 악의 없이 남의 얘기를 주고받고 나서도 말이 날까 걱정되지 않는 친구가…….

사람이 자기 아내나 남편, 제 형제나 제 자식하고만 사랑을 나눈다면 어찌 행복해질 수 있을까. 영원히 없을수록 영원을 꿈꾸도록 서로 돕는 진실한 친구가 필요하리라.

그가 여성이라도 좋고 남성이라도 좋다. 나보다 나이가 많아도 좋고 동갑이거나 적어도 좋다. 다만 그의 인품은 맑은 강물처럼 조용하고 은근하며, 깊고 신선하며, 예술과 인생을 소중히 여길 만큼 성숙한 사람이면 된다.

그는 반드시 잘 생길 필요가 없고, 수수하나 멋을 알고 중후한 몸가짐을 할 수 있으면 된다.

때로 약간의 변덕과 신경질을 부려도 그것이 애교로 통할 수 있을 정도면 괜찮고, 나의 변덕과 괜한 흥분에도 적절하게 맞장구쳐 주고 나서, 얼마의 시간이 흘러 내가 평온해지거든, 부드럽고 세련된 표현으로 충고를 아끼지 않았으면 좋겠다.

나는 많은 사람을 사랑하고 싶지는 않다. 많은 사람과 사귀기도 원치 않는다. 나의 일생에 한두 사람과 끊어지지 않는 아름답고 향기로운 인연으로 죽기까지 지속되길 바란다. 나는 여러 나라 여러 곳을 여행하면서, 끼니와 잠을 아껴 될수록 많은 것을 구경하였다. 그럼에도 지금은 그 많은 구경 중에 기막힌 감회로 남은 것은 없다. 만약 내가 한두 곳 한두 가지만 제대로 감상했더라면, 두고두고 자산이 되었을 걸.

우정이라 하면 사람들은 관포지교를 말한다. 그러나 나는 친구를 괴롭히고 싶지 않듯이 나 또한 끝없는 인내로 베풀기만 할 재간이 없다. 나는 도 닦으며 살기를 바라지는 않고, 내 친구도 성현 같아지기를 바라지는 않는다.

나는 될수록 정직하게 살고 싶고, 내 친구도 재미나 위안을 위해서 그저 제 자리서 탄로나는 약간의 거짓말을 하는 재치와 위트를 가졌으면 싶을 뿐이다.

나는 때때로 맛있는 것을 내가 더 먹고 싶을 테고, 내가 더 예뻐 보이기를 바라겠지만, 금방 그 마음을 지울 줄도 알 것이다. 때로 나는 얼음 풀리는 냇물이나 가을 갈대숲 기러기 울음을 친구보다 더 좋아할 수 있겠으나, 결국은 우정을 제일로 여길 것이다.

우리는 흰눈 속 참대 같은 기상을 지녔으나 들꽃처럼 나약할 수 있고, 아첨 같은 양보는 싫어하지만 이따금 밑지며 사는 아량도 갖기를 바란다.

우리는 명성과 권세, 재력을 중시하지도 부러워하지도 경멸하지도 않을 것이며, 그 보다는 자기답게 사는 데 더 매력을 느끼려 애쓸 것이다. 우리가 항상 지혜롭진 못하더라도, 자기의 곤란을 벗어나기 위해 비록 진실일지라도 타인을 팔진 않을 것이다. 오해를 받더라도 묵묵할 수 있는 어리석음과 배짱을 지니기를 바란다. 우리의 외모가 아름답지 않다 해도 우리의 향기만은 아름답게 지니리라.

우리는 시기하는 마음 없이 남의 성공을 얘기하며, 경쟁하지 않고 자기 하고 싶은 일을 하되, 미친 듯이 몰두하게 되기를 바란다.

우리는 우정과 애정을 소중히 여기되 목숨을 거는 만용은 피할 것이다. 그래서 우리의 우정은 애정과도 같으며, 우리의 애정 또한 우정과도 같아서 요란한 빛깔과 시끄러운 소리도 피할 것이다.

나는 반다지를 닦다가 그를 생각할 것이며, 화초에 물을 주다가, 안개 낀 아침 창문을 열다가, 가을 하늘의 흰 구름을 바라보다 까닭 없이 현기증을 느끼다가 문득 그가 보고 싶어지며, 그도 그럴 때 나를 찾을 것이다.

그는 때로 울고 싶어지기도 하겠고, 내게도 울 수 있는 눈물과 추억이 있을 것이다. 우리에겐 다시 젊어질 수 있는 추억이 있으나, 늙은 일에 초조하지 않을 웃음도 만들어 낼 것이다. 우리는 눈물을 사랑하되 헤프지 않게, 가지는 멋보다 풍기는 멋을 사랑하며, 냉면을 먹을 때는 농부처럼 먹을 줄 알며, 스테이크를 자를 때는 여왕보다 품위 있게, 군밤을 아이처럼 까먹고, 차를 마실 때는 백작 부인보다 우아해지리라.

우리는 푼돈을 벌기 위해 하기 싫은 일을 하지 않을 것이며, 천년을 늙어도 항상 가락을 지니는 오동나무처럼, 일생을 춥게 살아도 향기를 팔지 않는 매화처럼, 자유로운 제 모습을 잃지 않고 살고자 애쓰며 서로 격려하리라.

우리는 누구도 미워하지 않으며, 특별히 한두 사람을 사랑한다 하여 많은 사람을 싫어하진 않으리라. 우리가 멋진 글을 못 쓰더라도 쓰는 일을 택한 것에 후회하지 않듯이, 남의 약점도 안쓰럽게 여기리라.

내가 길을 가다가 한 묶음 꽃을 사서 그에게 안겨 줘도, 그는 날 주책이라고 나무라지 않으며, 건널목이 아닌 데로 찻길을 건너도 나의 교양을 비웃지 않을 게다. 나 또한 더러 그의 눈에 눈곱이 끼더라도, 이 사이에 고춧가루가 끼었다 해도 그의 숙녀 됨이나 그의 신사다움을 의심치 않으며, 오히려 인간적인 유유함을 느끼게 될 게다.

우리의 손이 비록 작고 여리나 서로를 버티어 주는 기둥이 될 것이며, 우리의 눈에 핏발이 서더라도 총기가 사라진 것은 아니며, 눈빛이 흐리고 시력이 어두워질수록 서로를 살펴 주는 불빛이 되어 주리라.

그러다가 어느 날이 홀연히 오더라도 축복처럼, 웨딩드레스처럼 수의를 입게 되리라. 같은 날 또는 다른 날이라도.

세월이 흐르거든 묻힌 자리에서 더 고운 품종의 지란이 돋아 피어, 맑고 높은 향기로 다시 만나지리라.

유안진(1941~) 시인, 수필가
시집 : 〈다보탑을 줍다〉 〈거짓말로 참말하기〉 〈꿈꾸는 손금〉 등
수필집 : 〈지란지교를 꿈꾸며〉 〈종이배〉 〈바람편지〉 등

페이터의 산문

이양하

만일 나의 애독(愛讀)하는 서적을 제한하여 이삼 권 내지 사오 권만을 들라면, 나는 그 중의 하나로 옛날 로마의 철학자, 황제 마르쿠스 아우렐리우스(Aurelius Marcus) 명상록(冥想錄)을 들기를 주저하지 아니하겠다. 혹은 설움으로, 혹은 분노로, 혹은 욕정으로 마음이 뒤흔들리거나, 또는 모든 일이 뜻 같이 아니하여, 세상이 귀찮고, 아름다운 동무의 이야기까지 번거롭게 들릴 때 나는 흔히 이 견인주의자(堅忍主義者) 황제를 생각하고, 어떤 때는 직접 조용히 그의 명상록을 펴 본다.

그리하면, 그것은 대강의 경우에 있어, 어느 정도 마음의 평정을 회복해 주고, 당면한 고통과 침울(沈鬱)을 많이 완화해 주고, 진무(鎭撫)해 준다. 이러한 위안의 힘이 어디서 오는지는 확실하지 않다. 모르거니와, 그것은 '모든 것을 어떻게 생각하는가는 내 마음에 달렸다.' '행복한 생활이란 많은 물건에 의존하는 것이 아니라는 것을 항상 기억하라.' '모든 것을 사리(捨離)하라. 그리고, 물러가 네 자신 가운데 침잠하라.'

이러한 현명한 교훈에서만 오는 것은 아닐 것이다. 그것은 도리어 그 가운데 읽을 수 있는 외로운 마음, 끊임없는 자기 자신과의 대화가 생활의 필요조건이 되어 있는 마음, 행복을 단념하고 오로지 마음의 평정만을 구하는 마음에서 오는 것인지도 모른다. 다시 말하면, 목전의 현실에 눈을 감음으로써, 현실과의 일정한 거리를 유지할 수 있고, 또 어떤 때는 현실을 아주 무시하고 망각할 수 있는 마음에서 오는 편이 많을지도 모른다.

이러한 의미에 있어, 그 위안은 건전한 성질의 것이 아니라고도 할 수 있겠다. 사실, 일종의 지적 오만(傲慢) 또는 냉정한 무관심이 황제의 견인주의의 자연한 귀결이요, 동시에 생활 철학으로서의 한 큰 제한이 된다는 것은 거부할 수 없는 일이다. 그러나 그 반면, 견인주의가 황제의 생활에 있어 가장 아름답게 구현되고, 견인주의자의 추구하는 마음의 평정이, 행복을 구할 수 있는 마음의 한 기본적 자체가 된다는 것만은 또 수긍(首肯)하지 아니할 수 없는 사실이다.

다음에 번역해 본 것은 직접 명상록에 번역한 것이 아니요, 월터 페이터(Peter, Walter Horatio)가 그의 〈쾌락주의자 메어리어스〉의 일장에 있어서, 황제의 연설이라 하여, 명상록에 임의로 취재한 데다 자기 자신의 상상과 문식(文飾)을 가하여 써 놓은 몇 구절을 번역한 것이다. 페이터는 다 아는 바와 같이 세기말의 영국의 유명한 심미비평가(審美批評家)로, 아름다운 것을 관조하고 아름다운 글을 쓰는 데 일생을 바친 사람이다.

나는 그의 〈문예 부흥〉의 찬란한 문체도 좋아하니, 이 몇 구절의 간소하고 장중(莊重)한 문체도, 거기 못지 아니하게 좋아한다. 그리고, 황제의 생각도 페이터의 붓을 빌려 읽은 것이 없을 뿐 아니라, 한층 아름다운 표현을 얻었다 할 수 있지 아니한가 한다.

사람의 칭찬받기를 원하거든, 깊이 그들의 마음에 들어가, 그들이 어떠한 판관(判官)인가, 또 그들이 그들 자신에 관한 일에 대하여 어떠한 판단을 내리는가를 보라. 사후의 칭찬받기를 바라거든, 후세에 나서, 너의 위대한 명성을 전할 사람들도, 오늘같이 살기에 곤란을 느끼는 너와 다름없다는 것을 생각하라. 진실로 사후의 명성에 연연해하는 자는 그를 기억해 주기를 바라는 사람의 하나하나가 얼마 아니하여 이 세상에서 사라지고, 기억 자체도 한동안 사람의 마음의 날개에 오르내리나, 결국은 사라져 버린다는 것을 알지 못하는 사람이다.

네가 장차 볼 길 없는 사람들의 칭찬에 그렇게도 마음을 두는 것은 무슨 이유인고! 그것은 마치 너보다 앞서 이 세상에 낳던 사람들의 칭찬을 구하는 것이나 다름이 없는 어리석은 일이 아니냐?

참다운 지혜로 마음을 가다듬은 사람은, 저 인구에 회자(膾炙)하는 호머의 시구 하나로도 이 세상의 비애와 공포에서 자유로울 수 있을 것이다.

사람은 나뭇잎과도 흡사한 것, 가을 바람이 땅에 낡은 잎을 뿌리면 봄은 다시 새로운 잎으로 숲을 덮는다. 잎, 잎, 조그만 잎! 너의 어린 애도, 너의 아유자(阿諛者)도, 너의 원수도, 너를 저주하여 지옥에 떨어뜨리려 하는 자나, 이 세상에 있어 너를 헐고 비웃는 자나, 또는

사후에 큰 이름을 남긴 자나, 모두가 다 한 가지로 바람에 휘날리는 나뭇잎, 그들은 참으로 호머가 말한 바와 같이 봄철을 타고 난 것으로, 얼마 아니 하여서는 바람에 불리어 흩어지고 나무에는 다시 새로운 잎 이 돋아나는 것이다.

그리고 이들에게 공통한 것이라곤 다만 그들의 목숨이 짧다는 것뿐이다. 그럼에도 불구하고, 너는 마치 그들이 영원한 목숨을 가진 것처럼 미워하고 사랑하려고 하느냐? 얼마 아니 하여서는 네 눈도 감겨지고, 네가 죽은 몸을 의탁하였던 자 또한 다른 사람의 짐이 되어 무덤에 가는 것이 아닌가? 때때로 현존하는 것, 또는 인제 막 나타나려 하는 모든 것이 어떻게 신속히 지나가는 것인지를 생각하여 보라. 그들의 실체는 끊임없는 물의 흐름, 영속하는 것이라곤 하나도 없다. 그리고 바닥 모를 때의 심연(深淵)은 바로 네 곁에 있다. 그렇다면 이러한 것들 때문에 혹은 기뻐하고, 혹은 서러워하고, 혹은 괴로워한다는 것이 어리석은 일이 아니냐?

무한한 물상(物象) 가운데서 네가 향수(享受)한 부분이 어떻게 적고, 무한한 시간 가운데 네게 허여(許與)된 시간이 어떻게 짧고, 운명 앞에 네 존재가 어떻게 미소(微小)한 것인가를 생각하라. 그리고 기꺼이 운명의 직녀(織女) 클로토의 베틀에 몸을 맡기고, 여신이 너를 실삼아 어떤 베를 짜든 마음을 쓰지 말라.

공사(公私)를 막론하고 싸움에 휩쓸려 들어갔을 때에는 때때로 그들의 분노와 격렬한 패기로 오늘까지 알려진 사람들 －저 유명한 격

노와 그 동기—을 생각하고, 고래(古來)의 큰 싸움의 성패를 생각하라. 그들은 지금 모두 어떻게 되었으며, 그들의 전진(戰塵)의 자취는 어떻게 되었는가! 그야말로 먼지요, 재요, 이야기요, 신화, 아니 어떡하면 그만도 못한 것이다. 일어나는 이런 일 저런 일을 증대시하여, 혹은 다투고, 혹은 몹시 화를 내던 네 신변의 사람들을 상기하여 보라. 그들은 과연 어디 있는가? 너는 이들과 같아지기를 원하는가?

죽음을 염두에 두고 네 육신과 영혼을 생각해 보라. 네 육신이 차지한 것은 만상(萬象)가운데 하나의 미진(微塵), 네 영혼이 차지한 것은 이 세상에 충만한 마음의 한 조각, 이 몸을 둘러보고 그것이 어떤 것이며 노령과 애욕과 병약 끝에 어떻게 되는 것인가를 생각해 보라. 또는 그 본질, 원형(原形)에 상도(想到)하여 가상(假想)에서 분리된 정체를 살펴보고, 만상의 본질이 그의 특수한 원형을 유지할 수 있는 제한된 시간을 생각해 보라. 아니 부패한 만상의 원리 원칙에도 작용하는 것으로, 만상은 곧 진애(塵埃)요, 수액(水液)이요, 악취요, 골편(骨片), 너의 대리석은 흙의 경결(硬結), 너의 금은(金銀)은 흙의 잔사(殘渣)에 지나지 못하고, 너의 명주옷은 벌레의 잠자리, 너의 자포(紫袍)는 깨끗지 못한 물고기 피에 지나지 못한다. 아아! 이러한 물건에서 나와 다시 이러한 물건으로 돌아가는 네 생명의 호흡 또한 이와 다름이 없느니라.

천지에 미만(彌滿)해 있는 대령(大靈)은 만상을 초와 같이 손에 넣고 분주히 차례차례로 짐승을 빚어 내고, 초목을 빚어 내고, 어린애를 빚어 낸다. 그리고 사멸하는 것도 자연의 질서에서 아주 벗어져 나

가는 것은 아니요, 그 안에 남아 있어 역시 변화를 계속하고 자연을 구성하고, 또 너를 구성하는 요소로 다시 배분되는 것이다. 자연은 중얼거림 없이 변화한다. 느티나무 궤짝은 목수가 꾸며 놓을 때 아무런 불평도 없었던 것과 같이, 부서질 때도 아무런 불평을 말하지 아니한다.

사람이 있어 네가 내일, 길어도 모레는 죽으리라고 명언(明言)한다 할지라도 네게는 내일 죽으나 모레 죽으나 별 다름이 없을 것이다. 따라서 너는 내일 죽지 아니하고 1년 후, 2년 후, 또는 10년 후에 죽는 것을 다행한 일이라고 생각지 않도록 힘쓰라.

만일 너를 괴롭히는 것이 있다면, 그것은 네 마음이 그렇게 생각하는 때문이니까, 너는 그것을 쉬이 물리칠 수 있을 것이다. 죽음이란 무엇인가? 만일 죽음에 부수되는 여러 가지 외관과 관념을 사리(捨離)하고 죽음 자체를 직시한다면, 죽음이란 자연의 한 이법(理法)에 지나지 아니하고, 사람은 그 이법 앞에 겁을 집어먹는 어린애에 지니지 못하는 것을 알 것이다. 아니, 죽음은 자연의 이법이요, 작용일 뿐 아니라, 자연을 이롭게 하는 것이다.

철인(哲人)이나, 법학자나, 장군이나 우러러보이면 이러한 사람으로 이미 사거(死去)한 사람을 생각하라. 네 얼굴을 거울에 비추어 볼 때에는 네 조선(祖先)의 하나, 옛날의 로마 황제의 한 사람을 생각하여 보라. 그러면 너는 도처에 네 현신(現身)을 볼 수 있을 것이다. 그리고는 이러한 것을 생각하여 보라. 그들이 지금 어디 있는가? 너는 네 생명이 속절없고, 너의 직무, 너의 경영(經營)이 허무하다는 것을 알지 못하느냐?
그러나 머물러 있으라. 적어도 치열한 불길이 그 가운데 던져지는 모든 것을 열과 빛으로 변화시키는 것과 같이, 이러한 세상의 속사(俗事)나마 그것을 네 본성에 맞도록 변화시키기까지는.
세상은 한 큰 도시, 너는 이 도시의 한 시민으로 이때까지 살아왔다. 아! 온 날을 세지 말며, 그날의 짧음을 한탄하지 말라. 너를 여기서 내보내는 것은 부정한 판관이나 폭군이 아니요, 너를 여기 데려 온 자연이다. 그러니 가라! 배우가 그를 고용한 감독이 명령하는 대로 무대에서 나가듯이. 아직 5막을 다 끝내지 못하였다고 하려느냐? 그러나 인생에 있어서는 3막으로 극 전체가 끝나는 수가 있다.
그것은 작자의 상관할 일이요, 네가 간섭할 일이 아니다. 기쁨을 가지고 물러가라. 너를 물러가게 하는 것도, 혹은 선의(善意)에서 나오는 일인지도 모를 일이니까.

이양하(1904~1963) 영문학자, 수필가
수필집 : 〈나무〉 〈이양하 수필집〉 등

지게

이어령

지게는 우리나라 고유의 것이다. 우리 겨레의 정이 배고 피가 도는 물건이다. 그것에는 운반 수단 이상의 의미가 깃들여 있다.

우선 지게의 모양을 보라. 그것을 져 온 우리 아버지, 할아버지들의 마음씨처럼 순박하기만 하다. 쇠못 하나 박은 흔적이 없다. 솜씨를 부린 데도 없다. 애초부터 지게 모양의 나뭇가지를 베어다가 대강 다듬고, 몇 군데 구멍을 뚫었을 뿐이다. 나는 이 순박을 사랑한다.

지게에는 노래가 있다. 지게꾼들은 작대기로 지겟다리를 치며 그 장단에 맞춰 노래를 부른다. 외로운 숲길, 한적한 논두렁에서 그것은 다시없는 위안이다.
악보를 보며 배운 노래가 아니다. 아버지의 아버지, 그 아득한 할아버지 때부터 입에서 입으로 전해 온 노랫가락이다.

지게에는 평화로운 휴식이 있다. 나무 그늘에 지게를 뉘어 놓고 그 위에 잠든 농부의 얼굴들. 안락의자에 잠든 어느 신사의 얼굴이 이보다 평화로우랴!

지게에는 또 고운 마음이 있다. 나무꾼의 지게에는 봄이면 진달래가, 여름이면 산딸기가, 가을이면 들국화와 단풍이 꽂힌다. 무엇을

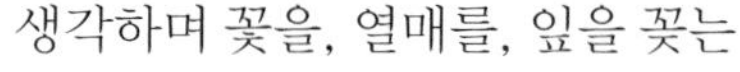

생각하며 꽃을, 열매를, 잎을 꽂는 것일까? 그것은 우리의 멋이요 시임에 틀림없다.

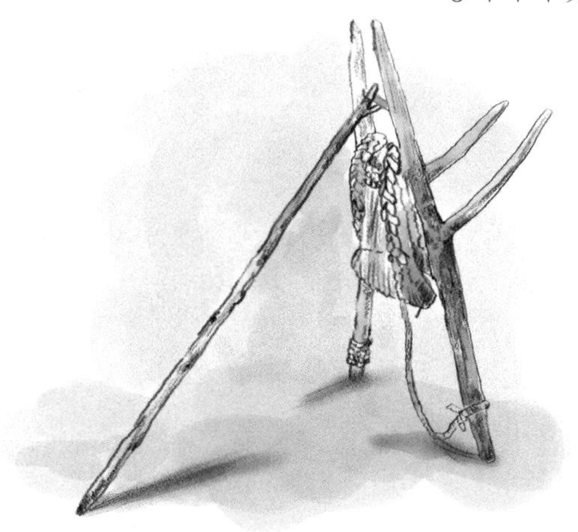

그런데도 지게를 볼 때마다 기쁨을 느끼기보다는 먼저 한숨이 흘러나오게 되는 까닭은 무엇인가?

지게는 어깨에 멜빵을 걸어 지는 1

인용 운반 수단이다. 어깨에 걸어 지기 때문에 지게는 괴로운 것이다. 짐의 무게를 온통 몸으로 지탱해야 한다. 물보다 어렵다는 구절양장을, 짓누르는 짐을 지고 올라가 보라, 내려가 보라. 숨이 차다. 무릎마디가 아프다. 뿐만 아니라 지게는 한 사람의 몸으로 지탱할 수 있는 그 이상의 짐을 운반할 수가 없다. 그래서 괴로운 걸음을 두 번, 세 번, 아니 열 번, 스무 번 반복해야 한다. 수레를 이용했던들 그런 괴로움은 쉽게 덜 수도 있었을 것이다.

그 어느 때, 그 어느 세상에서도 운반 수단은 필요했으리라. 그런데 우리 할아버지들은 하필 이 괴로운 지게를 만들었던 것일까? 하기는 수레가 없었던 것도 아니다. 그러나 너무 적었다. 아니, 많았다 하더라도 쓸모가 없었을 것이다. 수레가 다닐 만큼 넓은 길이 없었으니까.

우리 할아버지들은 힘들여서 넓은 길을 닦지 않았다. 다니다 보니 저절로 생겨난 그 비탈길, 그 오솔길, 그 논두렁길……. 그러나 날라야 할 짐은 많았다.
지게는 어디나 갈 수 있다. 사람이 갈 만한 길이면 어디나 갈 수가 있다. 그래서 만든 것이 지게이리라.

왜 수레가 다닐 수 있도록 길을 넓히려 하지 않았을까? 왜 굴이라도 뚫으려 하지 않았을까? 그랬더라면 지게의 괴로움을 맛보지 않아도 좋았을 것을. '나'를 위하여 환경을 개선하기보다는, 주어진 환경에 '나'를 맞추려 했던 데서 지게가 생겨난 것이리라. 이렇게 생각해 보면, 지게의 괴로움은 피할 수 없는 운명과도 같은 것이었다.

나는 지게를 사랑한다. 그러나 지게를 벗어 던질 수 있는 넓고 곧은 길을 더욱 사랑한다. 시원스럽게 뚫린 길은 우리에게 새로운 세계를 열어 준다.

마을에서 마을로, 도시에서 도시로, 그리고 나라에서 나라로 길이 하나 생길 때마다 우리의 삶도 그만큼 넓어진다.

길을 닦아야 한다. 그래야 천 년 동안이나 져 온 그 괴로운 지게에서 벗어나, 새롭고 넓은 세계를 향해 우리는 마음껏 달려갈 수가 있는 것이다.

이어령(1934~) 평론가, 논설위원, 수필가
수필집 : 〈흙 속의 저 바람 속에〉〈축소 지향의 일본인〉〈지성의 오솔길〉 등
평론집 : 〈저항의 문학〉〈전후 문학의 새 물결〉〈한국 작가 전기 연구〉 등

손수건의 사상

조연현

남녀를 가리지 않고 손수건을 지니고 다니지 않는 사람은 없다. 어쩌다가 손수건을 빠뜨리고 나오는 날이면, 육체의 어느 한 부분을 떼어 놓고 나온 것처럼 어색하거나 꼭 입어야 될 의류의 하나를 빠뜨리고 나온 것처럼 허전해진다. 그만치 손수건은 인간에게 있어 없지 못할 일상적인 생활용품의 하나이다.

한글학회 발행의 〈우리말 사전〉을 보면, 손수건은 '몸에 지니고 다니는 작은 수건'으로 되어 있고, 문세영 씨 사전을 보면, '땀을 씻는 작은 수건, 손을 씻는 작은 헝겊'으로 되어 있다. 전자는 주로 손수건의 형태와 위치에 대한 설명이고, 후자는 주로 그 용도에 대한 설명으로 볼 것이다. 이 두 개의 설명에서 우리는 손수건이란, 첫째 작은 헝겊으로 된 수건이며, 둘째 몸에 지니고 다니는 것이며, 셋째 손이나 땀을 씻는 데 사용되는 물건임을 알 수 있다.
손수건은 작은 것이며, 항상 몸에 지니고 다니는 물건이라는 것은 손수건의 어떤 희생을 이미 암시하고 있는 것이 아닐까? 작다는 것과 항상 몸에 지니고 다녀야 한다는 이 두 가지 조건은, 물론 손수건의 용도에서 원인된 것이다. 땀이나 손을 씻는 데 반드시 커다란 수건이 필요한 것은 아니다. 그런 성질의 용도에는 작은 수건으로써 충분하다. 그리고 항상 몸에 지니기에도 작은 것이 더욱 적당한 것은 물론이다.

그러나 손수건은 무엇 때문에 항상 몸에 지니고 다녀야 할까. 그것은 손수건의 용도는 언제 어디에서나 발생될 수 있기 때문이다. 손수건의 용도는 반드시 손이나 땀을 씻는 것이 그 전부가 아니다. 길에 가다가 옷에 흙이나 먼지가 묻는다든지, 음식을 먹은 다음, 혹은 화장을 고칠 때, 또는 작은 상처가 났을 때 손수건은 가장 편리하게 이용될 수 있다. 이 때문에 손수건은 항상 몸에 지니게 된다. 그러나 더욱 중요한 것은 이러한 용도에 부응하여 항상 몸에 지니는 작은 소지품이 되는 동안에 손수건은 스스로 다른 특성을 지니게 된 것은 아닐까 하는 점이다.
사람의 소지품 가운데는 자기를 표현하는 물건이 있다. 인장(印章)

과 지환(指環) 같은 것은 그 대표적인 것이다. 전자는 각자의 권리를 표시하는 표현이요, 각자의 약속을 표지(標識)하는 표현이다. 재산의 소유권이 인장으로 변동되고, 약혼이나 결혼이 지환으로서 표시되는 것은 그러한 일례이다. 이를테면 전자가 인간의 법적 표현이라면, 후자는 인간의 정신적 표현으로서 다같이 자기표현의 성질을 가진 것이다.

그러나 중요한 것은 이와 같은 자기표현으로서의 소지품은 대개 작은 물체로서 항상 몸에 지니고 다니는 게 그 일반적인 관습이다. 자기를 표현해 주고 있는 물체는 이미 단순한 물질이거나 편리한 도구가 아니라 바로 자기 자신과 마찬가지다. 이러한 소지품은 항상 자기를 아끼는 마음처럼 귀중히 취급되고, 언제나 자기와 함께 있어야만 안심이 된다. 그러는 데에는 늘 몸에 지니는 것이 상책이며, 늘 몸에 지니는 데에는 작은 것이라야만 편리하다. 손수건은 이와 같은 자기표현의 물체와 같은 조건을 갖추고 나타남으로써 그 최초의 용도와는 다른 자기표현의 직능을 갖게 된 것은 아니었을까.

티끌 하나 없는 깨끗한 몸차림을 한 여성이 조심성스럽게 손수건을 만지거나 그것을 사용하는 모습을 보면 나는 항상 엉뚱한 생각을 갖게 된다. 그것은 그 손수건이 그 여인의 손이나 땀을 씻는 물건으로서가 아니라, 그 여인의 감정의 역사처럼 느껴지기 때문이다. 손수건은 손이나 땀을 씻는 수건으로서가 아니라, 그와는 다른 용도를 위해서 만들어진 것은 아닌가 하는 생각이 그것이다. 이러한 때 나의 머릿속에 떠오르는 손수건의 용도에 대한 영상은 슬픈 소식을 듣고 남 몰래 돌아앉아 흘리는 눈물을 씻는 것, 기차나 배를 타고 멀리 떠나는 안타까운 사람을 보낼 때, 또는 그와 같이 멀리서 오는 그리운 사람을 맞이할 때 안타깝고 그리운 마음으로 손수건을 흔드는 모습……. 손수건은 손이나 땀을 씻는 것보다는 이러한 때 더욱 절실히 사용되어 온 것은 아니었던가? 손이나 땀을 씻는 것이 손수건에 대한 인간의 생리적, 육체적, 외부적 용도라면 이러한 것은 그에 대해 인간의 심리적 내부적 용도라고 말할 수 있을 것이다. 이러한 손수건의 용도는 손수건이 인장이나 지환과 같이 자기표현의 한 직능을 가진 것임을 말하는 것이 된다. 항상 몸에 지니고 다니는 그 작은 헝겊이.

손수건에 대한 인간의 심리적, 정신적, 내부적 용도에서 바라본다면 손수건과 가장 깊은 관련을 가진 것은 눈물과 이별, 또는 눈물과 상봉이다. 그런 의미에서 바라본다면, 손수건은 눈물을 씻기 위한 것이거나, 그렇지 않으면 이별할 때의 안타까운 심정을, 또는 상봉의 즐거움을 알리는 신호의 표지이다. 그리고 어느 편이냐 하면, 손수건은 즐거운 눈물보다는 슬픈 눈물을 닦는 경우가 더 많고, 상봉의 즐거운 신호로서보다는 이별의 슬픈 신호로서 사용되는 경우가 더 많다. 이것은 손수건 자체의 문제가 아니라, 우리 인생의 문제이다. 그러므로 손수건은 슬픈 눈물을 상징해 준다고 볼 수도 있다.
손수건을 눈물 또는 이별의 상징으로 보아 온 것은 한국 사람들의 오랜 풍습은 아니었던가? 손수건을 눈물 또는 이별의 상징으로 보는 동안, 그러한 손수건은 항상 여성적인 속성이지 남성적인 것은 아니다. 우리는 흔히 '사내 대장부'라는 말을 쓴다. 이 말은 여성처럼 함부로 눈물을 흘리지 않는 것이 남성이라는 의미도 된다. 그러므로 '여인과 눈물'은 자연스럽게 관련이 되지마는, '남자와 눈물'은 아무래도 긍정적인 자연적 상태는 아니다. 이와 마찬가지로 이별 역시 그렇다. 이별이란 말이 헤어진다는 사실의 설명으로서보다는 헤어지는 슬픈 감정을 강조하는 의미가 더 중요한 것이라면, 눈물과 직결되는 이별은 여성적 속성이다. 돌아앉아 눈물을 씻는 남성의 모습이 보기 흉하고, 역두나 부두에서 손수건을 흔드는 남성이 주책머리 없게 보이는 반면에, 돌아앉아 눈물을 씻는 여인의 모습이나, 손수건을 흔드는 여인의 모양이 제 격에 맞게 보이는 것은 결코 우연한 것이 아니다. 손수건은 아무래도 남성에게보다는 여성에

게 더 어울리는 소지품인가?

남녀를 불문하고, 손수건은 필요불가결의 일상적인 소지품의 하나이다. 누구나 그가 가진 손수건으로써 자기의 손이나 땀을 씻는다. 그러나 그럴 때마다 그 손수건에 숨겨진 자기의 감정적 이력을 생각하게 되는 사람은 과연 얼마나 될까? 남성은 아예 그런 것을 생각하지 않는 것이 오히려 남성적인 것이 될지 모른다.

그러나 손수건을 꺼낼 때마다 그 손수건에 아로새겨진 자기의 눈물과 이별을 계산해 보는 여인은 과연 얼마나 될까? 매일같이 빨아서 깨끗한 손수건을 갖기를 원하는 모든 사람들의 손수건에 대한 위생은 그 속에 새겨진 자기의 슬픈 눈물과 이별을 깨끗한 손수건처럼 잊어 버리고 싶은 데서일까? 손수건은 나에게는 항상 여인의 마음의 비밀처럼 느껴진다.

조연현(1920~1981) 평론가, 언론인
평론집 : 〈문학과 사상〉

인연

피천득

지난 사월, 춘천에 가려고 하다가 못 가고 말았다. 나는 성심여자대학에 가 보고 싶었다. 그 학교에, 어느 가을 학기, 매주 한 번씩 출강한 일이 있었다. 힘드는 출강을 한 학기 하게 된 것은, 주 수녀님과 김 수녀님이 내 집에 오신 것에 대한 예의도 있었지만 나에게는 사연이 있었다.

수십 년 전 내가 열일곱 되던 봄, 나는 처음 도쿄(東京)에 간 일이 있다. 어떤 분의 소개로 사회 교육가 미우라(三浦) 선생 댁에 유숙(留

宿)을 하게 되었다. 시바쿠 시로가네(芝區白金)에 있는 그 집에는 주인 내외와 어린 딸, 세 식구가 살고 있었다. 하녀도 서생(書生)도 없었다. 눈이 예쁘고 웃는 얼굴을 하는 아사코(朝子)는 처음부터 나를 오빠같이 따랐다. 아침에 낳았다고 아사코라는 이름을 지어 주었다고 하였다.

그 집 뜰에는 큰 나무들이 있었고 일년초(一年草) 꽃도 많았다. 내가 간 이튿날 아침, 아사코는 '스위트피이'를 따다가 꽃병에 담아 내가 쓰게 된 책상 위에 놓아 주었다. '스위트피이'는 아사코같이 어리고 귀여운 꽃이라고 생각하였다. 성심(聖心) 여학원 소학교 일학년인 아사코는 어느 토요일 오후, 나와 같이 자기 학교까지 산보를 갔었다. 유치원부터 학부까지 있는 카톨릭 교육 기관으로 유명한 이 여학원은, 시내에 있으면서 큰 목장까지 가지고 있었다. 아사코는 자기 신발장을 열고 교실에서 신는 하얀 운동화를 보여 주었다.

내가 도쿄를 떠나던 날 아침, 아사코는 내 목을 안고 내 뺨에 입을 맞추고, 제가 쓰던 작은 손수건과 제가 끼던 작은 반지를 이별의 선물로 주었다. 옆에서 보고 있던 선생 부인은 웃으면서 "한 십년 지나면 좋은 상대가 될 거예요."라고 하였다. 나는 얼굴이 뜨거워지는 것을 느꼈다. 나는 아사코에게 안델센의 동화책을 주었다. 그 후, 십 년이 지나고 삼사 년이 더 지났다. 그 동안 나는 국민학교 일학년 같은 예쁜 여자 아이를 보면 아사코 생각을 하였다.

내가 두 번째 도쿄에 갔던 것도 사월이었다. 도쿄역 가까운 데 여관을 정하고 즉시 미우라 선생 댁을 찾아갔다. 아사코는 어느덧 청순하고 세련되어 보이는 영양(令孃)이 되어 있었다. 그 집 마당에 피어 있는 목련꽃과도 같이. 그때, 그는 성심 여학원 영문과 삼학년이었다. 나는 좀 서먹서먹했으나, 아사코는 나와의 재회를 기뻐하는 것 같았다. 아버지, 어머니가 가끔 내 말을 해서 나의 존재를 기억하고 있었나 보다.

그날도 토요일이었다. 저녁 먹기 전에 같이 산책을 나갔다. 그리고 계획하지 않은 발걸음은 성심 여학원 쪽으로 옮겨져 갔다. 캠퍼스를 두루 거닐다가 돌아올 무렵, 나는 '아사코 신발장은 어디 있느냐'고 물어 보았다. 그는 무슨 말인가 하고 나를 쳐다보다가, 교실에는 구두를 벗지 않고 그냥 들어간다고 하였다. 그리고는, 갑자기 뛰어가서 그날 잊어버리고 교실에 두고 온 우산을 가지고 왔다. 지금도 나는 여자 우산을 볼 때면 연두색이 고왔던 그 우산을 연상한다. 〈쉘부르의 우산〉이라는 영화를 내가 그렇게 좋아한 것도 아사코의 우산 때문인가 한다. 아사코와 나는 밤 늦게까지 문학 이야기를 하다가 가벼운 악수를 하고 헤어졌다. 새로 출판된 버지니아 울프의 소설 〈세월〉에 대해서도 이야기한 것 같다.

그 후, 또 십여 년이 지났다. 그 동안 제2차 세계 대전이 있었고, 우리 나라가 해방이 되고, 또 한국 전쟁이 있었다. 나는 어쩌다 아사코 생각을 하곤 했다. 결혼은 하였을 것이요, 전쟁통에 어찌 되지나 않았나, 남편이 전사하지나 않았나 하고 별별 생각을 다 하였다.
1954년, 처음 미국 가던 길에 나는 도쿄에 들러 미우라 선생 댁을 찾아갔다. 뜻밖에 그 동네가 고스란히 그대로 남아 있었다. 그리고 미우라 선생네는 아직도 그 집에 살고 있었다. 선생 내외분은 흥분된 얼굴로 나를 맞이하였다. 그리고 한국이 독립이 되어서 무엇보다도 잘 됐다고 치하(致賀)하였다. 아사코는 전쟁이 끝난 후 맥아더 사령부에서 번역 일을 하고 있다가, 거기서 만난 일본인 2세와 결혼을 하고 따로 나서 산다는 것이었다. 아사코가 전쟁 미망인이 되지 않은 것이 다행이었다. 그러나 2세와 결혼하였다는 것이 마음에 걸렸다. 만나고 싶다고 그랬더니 어머니가 아사코의 집으로 안내해 주었다. 뾰족 지붕에 뾰족 창문들이 있는 작은 집이었다. 이십여 년 전 내가 아사코에게 준 동화책 겉장에 있는 집도 이런 집이었다. "아, 이쁜 집! 우리 이 담에 이런 집에서 같이 살아요." 아사코의 어린 목소리가 지금도 들린다.

십 년쯤 미리 전쟁이 나고 그만큼 일찍 한국이 독립되었더라면, 아사코의 말대로 우리는 같은 집에서 살 수 있게 되었을지도 모른다. 뾰족 지붕에 뾰족 창문들이 있는 집이 아니라도. 이런 부질없는 생각이 스치고 지나갔다.

그 집에 들어서자 마주친 것은 백합같이 시들어가는 아사코의 얼굴이었다. 〈세월〉이란 소설 이야기를 한 지 십 년이 더 지났었다. 그러나 그는 아직 싱싱하여야 할 젊은 나이이다. 남편은 내가 상상한 것과 같이 일본 사람도 아니고, 미국 사람도 아닌, 그리고 진주군(進駐軍) 장교라는 것을 뽐내는 것 같은 사나이였다.

아사코와 나는 절을 몇 번씩 하고 악수도 없이 헤어졌다. 그리워하는 데도 한 번 만나고는 못 만나게 되기도 하고, 일생을 못 잊으면서도 아니 만나고 살기도 한다. 아사코와 나는 세 번 만났다. 세 번째는 아니 만났어야 좋았을 것이다.

오는 주말에는 춘천에 갔다 오려 한다. 소양강 가을 경치가 아름다울 것이다.

피천득(1910~2007) 영문학자, 시인, 수필가
수필집 : 〈수필〉〈삶의 노래〉〈인연〉 등
시집 : 〈서정시집〉〈금아시문선〉〈산호와 진주〉 등

그림 서재형

서울예술대학 시각디자인과를 졸업하고 다양한 분야의 삽화를 작업하고 있으며, 현재 프리랜서 작가로 활발한 활동을 하고 있다.

한국 대표 문인의 人生情談 10편

추억의 명수필

발행일 2014년 11월 20일 초판 2쇄 발행
저자 피천득 외
발행인 이종업
발행처 한국표준협회미디어
출판등록 2004년 12월 23일(제2009-26호)
주소 서울 금천구 가산동 371-50
에이스하이엔드타워3차 11층
전화 (02)2624-0360
팩시밀리 (02)2624-0369
이메일 book@ksamedia.co.kr

ISBN 978-89-92264-46-4 03800

정가 3,500원